ÉLOGE
DE
BLAISE PASCAL

PAR

J. S. QUESNÉ.

L'éloge d'un grand homme doit être
simple et court, substantiel et vrai.

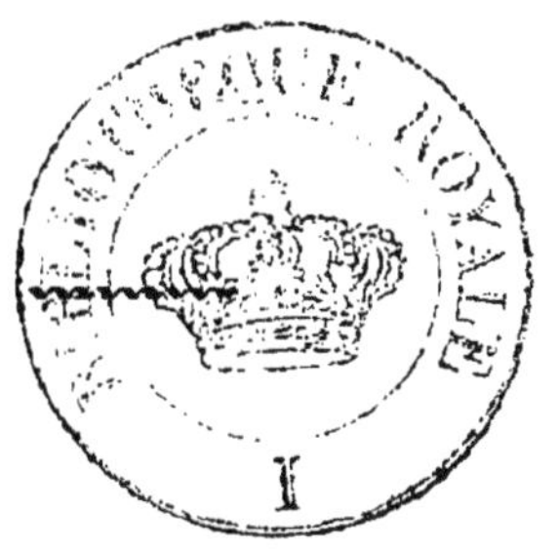

A PARIS,
CHEZ JANET ET COTELLE, LIBRAIRES,
RUE NEUVE DES PETITS-CHAMPS, N° 17.

1813.

AVERTISSEMENT.

Je composai cet Éloge au mois de juillet dernier, dans le dessein de concourir pour le prix trois fois proposé par l'Académie des jeux floraux. A peine fut-il adressé à Toulouse que M. le secrétaire perpétuel de cette académie me le renvoya joint à un *prospectus*, où l'une des principales conditions du Concours exigeait trois copies du manuscrit.

Peu jaloux d'une couronne académique, et sentant d'ailleurs, après l'avoir relue, la faiblesse de ma production, j'allais la condamner à l'oubli, lorsqu'il m'est venu en tête, qu'en la publiant cinq mois avant l'examen des mémoires, je pourrais être encore de quelque utilité aux aspirans. Je l'imprime donc telle qu'elle a été transmise à l'Académie, sans y changer un seul mot.

ÉLOGE

DE

BLAISE PASCAL.

IL est des tems où des esprits inquiets, pressés du besoin de s'instruire, font mille efforts pour arriver au savoir. Si quelques grands hommes jetés alors sur la scène du monde afin d'en être l'ornement répandent autour d'eux la lumière de la vérité et facilitent l'instruction par la méthode, il faut s'attendre à des progrès que l'esprit humain n'eût pas soupçonnés, et que l'ignorance ne peut plus arrêter. Galilée et Descartes, savans du premier ordre, indiquent la route qui mène à la saine philosophie. On s'agite de toutes parts pour interroger la nature:

sa réponse secoue les chaînes de la routine, qui retiennent depuis un si grand nombre de siècles la vérité captive. Des idées nouvelles vont trouver leur rectitude dans la science des mathématiques cultivées d'un bout de l'Europe à l'autre. Une révolution préparée dans les esprits va rapidement s'accomplir. Déjà les Mersenne, Roberval, Carcavi, le Pailleur, Etienne Pascal, correspondant avec les hommes célèbres de tous les pays, font entr'eux un échange de connaissances dont la somme tourne au profit des vérités utiles. Placés dans des circonstances où des observations inattendues favorisent les découvertes, ils éprouvent cette espèce de tourment, soif de renommée, qu'on sait être le véhicule du vrai mérite. Un enfant naît en ce moment qui s'élance du berceau dans les sciences. Blaise Pascal, fils d'Etienne que nous avons nommé, apparaît à la terre tout armé d'un génie dont la supériorité veut, « comme les rois « font de leur puissance, tout abaisser et tout sou-« mettre par la force. * »

Il est admis dans les conférences qui se tiennent chez son père; mais on l'en éloigne, parcequ'il écoute avec une avidité qui surprend à son âge. Brûlant de connaître la cause de tous les effets, il adresse mille questions qu'on rend inutiles: il s'obstine; on daigne lui répondre qu'en général la géo-

* Voltaire.

métrie considère l'étendue des corps ; c'est-à-dire leurs trois dimensions, longueur, largeur et profondeur ; qu'elle enseigne à former des figures d'une manière juste, précise, et à les comparer les unes avec les autres. C'en est assez pour un génie pénétrant qui saisit tout. Enfermé seul dans une chambre isolée, un charbon à la main, il trace sur le carreau des triangles, des parallélogrammes, des cercles, dont il ignore le nom. Mais, ô prodige inoui! cet enfant sans études, sur une simple définition, parvient à reconnaître que la somme des trois angles de tout triangle doit être mesurée par une demi-circonférence, ou égaler la somme de deux angles droits ; ce qui établit la trente-deuxième proposition du premier livre d'Euclide.

Parvenu à l'âge de onze ans, époque où beaucoup d'enfans savent à peine lire, il compose un traité sur les sons, dans lequel il tâche d'expliquer pourquoi une assiette frappée d'un couteau rend un son qui cesse aussitôt qu'on y applique la main. Cinq ans après parut ce fameux *Traité des sections coniques* admiré des grands mathématiciens de son tems. Descartes lui-même, le grand Descartes ne pouvant se persuader qu'un si savant ouvrage soit sorti des mains de Pascal, prétend que le pere en est l'auteur, mais qu'il se dérobe à sa propre gloire afin d'honorer son fils.

Le jeune Blaise entre dans sa dix-neuvième année, et va la signaler par une invention qui lui appartient tout entière. Son expérience lui avait déjà fait remarquer que la science des nombres est, comme la pensée des hommes, sujette à l'erreur; il avait vu que dans l'usage journalier des calculs, il est très difficile d'y conserver long-tems l'exactitude, parceque la mémoire se lasse encore plutôt que la patience, et qu'aussitôt que la première de ces facultés vient à faillir, c'est une nécessité qu'il s'échappe des fautes dans l'opération. Pour corriger tous les inconvénients, il forme donc cette machine d'arithmétique si connue et si singulière par laquelle, sans plume, sans jeton, et sans posséder l'arithmétique, on peut établir toutes sortes de supputations. « Avec les autres méthodes, dit-il à la reine Chris-« tine, toutes les opérations sont pénibles, compo-« sées, longues et peu certaines; par la mienne, elles « deviennent faciles, simples, promptes et assu-« rées. »

Le P. Mersenne, minime à Paris, qui le premier avoit découvert la Cycloïde, sans en pénétrer les propriétés, s'avisa de proposer au monde savant le problême si fameux sous ce nom. Il s'agissait de déterminer la ligne courbe que décrit en l'air le clou attaché à la circonférence d'une roue de voiture allant de son mouvement ordinaire. Roberval démontra bien que l'aire de la roulette est triple de son cercle générateur: il détermina même peu de tems après le solide décrit par la roulette en tournant autour de sa base, et ce qui était d'une grande difficulté pour la géométrie du tems, le solide que décrit la même courbe en tournant autour de son axe. Mais la méthode de Roberval joignait à l'inconvénient d'être particulière celui de ne pouvoir s'étendre au delà des cas qu'il avait résolus; au lieu que Pascal, en moins de huit jours, tourmenté par les plus cruelles souffrances, trouva la solution du problême, en découvrant une méthode générale par laquelle il connaissait la dimension et le centre de gravité de la roulette, le centre de gravité des solides et demi-solides, de la ligne et de ses parties, tant autour de la base qu'autour de l'axe; le centre de gravité des surfaces, demi-surfaces, quart de surfaces, etc., décrites par la ligne et ses parties, tournées autour de la base et autour de l'axe, ainsi que la dimension de toutes les lignes courbes des roulettes alongées ou accourcies.

Il fit plus: il osa défier tous les vieux mathématiciens de l'Europe, en consignant quatre cents francs, ou environ deux mille d'aujourd'hui, en faveur de celui qui résoudrait toutes les difficultés du problême; mais la pénétration de ces savans ayant échoué, il mit sa découverte au jour sous le nom d'A. d'Ettonville, et de ce moment prit place à côté des plus grands géomètres; car s'il eût pu consacrer encore quelque tems à la géométrie, sa méthode touchant, pour ainsi dire, aux calculs différentiel et intégral, il aurait vraisemblablement enlevé à Leibnitz et à Newton la gloire d'avoir inventé ces calculs. Voyons-le maintenant à vingt-trois ans, s'élevant au rang des physiciens les plus célèbres, partager la renommée de ses maîtres par le sceau qu'il va mettre à l'évidence de leurs sublimes conjectures.

Torricelli instruit par Galilée que l'air est un fluide pesant, tenta des expériences sur le vide; elles donnèrent l'idée à Pascal d'en faire exécuter d'autres par son beau-frere Périer sur le Puy-de-Dôme, qui furent couronnées du plus brillant succès. Galilée avoit découvert la pesanteur de l'air; Torricelli mesurant la pression de l'athmosphère, l'avait trouvée égale à un cylindre d'eau de même base, et de trente-deux pieds de hauteur, ou à une colonne de vif argent de vingt-huit pouces; mais l'expérience de Pascal confirma toutes les autres, parce que l'on fut assuré que la colonne du mercure baissait à proportion que la colonne d'air diminuait en hauteur. Il fut donc le premier qui prouva clairement dans un *Traité de la pesanteur de la masse de l'air*, que les effets jusqu'alors attribués à l'horreur du vide dérivent du poids de l'air athmosphérique, et renversant avec une joie très vive ce point de physique des anciens, il posa pour principe désormais incontestable que la masse de ce fluide est limitée dans sa pesanteur ; qu'elle pèse plus en un tems qu'en un autre, comme dans les épais brouillards ; en certains lieux qu'en d'autres, comme dans les vallons et les endroits bas ; que, pressant par son poids tous les corps qu'elle enferme, elle agit d'autant plus qu'elle a plus de pesanteur. De cette expérience il tira plusieurs conséquences, telles que le moyen de connaître si deux lieux sont en même niveau ; c'est-à-dire également distans du centre de la terre, ou lequel des deux est le plus élevé, si éloignés qu'ils soient l'un de l'autre, fussent-ils aux deux extrémités du monde.

Il restait à démontrer qu'un léger filet d'eau tient un grand poids en balance ; que deux poids de différente matière ajustés dans l'équilibre le plus parfait où les hommes puissent atteindre, quand l'air est très sec, perdent leur extrême égalité lorsqu'il est humide ; que les corps nageant sur l'eau pèsent précisément autant que le liquide dont ils occupent la place, parceque l'eau les touchant en dessous, et non par dessus, les pousse seulement en haut, et le *Traité de l'équilibre des liqueurs fut publié*. Aujourd'hui que nous avons fait un pas immense dans la physique et la géométrie, les écrits de Pascal sur ces matières ne nous sont d'aucune utilité ; mais si l'on songe que c'est à ces mêmes écrits que nous devons nos principales connaissances, nous conserverons toujours pour eux le respect que l'on doit aux monumens du génie qui laisse aux plus petits détails son immortelle empreinte.

A mesure que nous avançons dans la vie de ce grand homme, de nouveaux prodiges de la facilité qui le portait à s'emparer de tous les objets vont nous jeter dans une sorte d'admiration encore plus vive que celle qu'il nous a fait éprouver jusqu'ici. Pascal, dont la piété avoit nourri les sentimens dans l'étude des sciences abstraites, s'était retiré à Port-Royal des champs, au moment où les illustres solitaires de ce désert fixaient l'attention publique dans l'ardeur de leurs dispustes avec les Jésuites. Il fallait expliquer l'action de la grace sur notre volonté, en conçiliant la prédestination et le libre arbitre; grands problêmes qui, sous des noms divers, dit l'historien de sa vie, ont été dans tous les tems le tourment et l'écueil de la curiosité humaine.

Antoine Arnauld, athlète aussi redoutable que célèbre, mais dont le style en général trop négligé se ressentait de la sécheresse dogmatique des écoles, et manquait de cette onction si nécessaire à la persuasion, priant Pascal de lui prêter le secours de sa plume, ne pouvait faire un plus heureux choix. Alors parurent ces fameuses *Lettres provinciales*, qui foudroyèrent les systêmes presque aussi fameux du *Probabilisme*, des *Restrictions mentales*, de la *Direction d'intention*, par où des docteurs, sous le nom de casuistes, jugeaient les consciences et tarifaient les actions. C'est dans la théologie morale de ses adversaires que, puisant les traits qui devaient les rendre odieux, il les rendit à jamais ridicules. C'est dans cet immortel ouvrage qu'entraînant un public indifférent dont il obtint si pleinement la sanction, il alla glorieusement s'asseoir au-dessus de tous les prosateurs français. C'est là qu'il fait paraître tous les genres d'éloquence dans un tableau dont on n'avait point encore d'idée. Modèle de la plus fine raillerie; mélange de satire violente et de sublime; force d'une dialectique d'autant plus puissante qu'elle se cache sous les fleurs d'un style sans aprêt; transitions admirablement ménagées dans des matières qui présentent le plus d'incohérences; cadre éminemment dramatique où de sérieux personnages jouent un rôle si comique et si plaisant, qu'il est impossible de suspendre la gaîté et le rire au milieu des plus graves sujets, et où le sel de la plaisanterie est aussi répandu que dans les meilleures comédies de Molière: tout dans cet œuvre du plus beau génie atteint la plus rare perfection.

En effet, quoi de plus achevé qu'un livre que Despréaux, l'oracle éternel de tous les écrivains, regardait comme le plus parfait ouvrage en prose qui fût dans notre langue! Ce même poëte, au fort de la querelle sur les anciens et les modernes, soutient les premiers, à la réserve d'un seul qui, d'après son expression, a surpassé les vieux et les nouveaux; et il nomme Pascal. L'aigle des orateurs, le divin Bossuet, interrogé sur celui des écrits qu'il aimerait mieux avoir composé, répond: *Les Provinciales*. Quels suffrages! mais aussi quel phénomène qu'un jeune homme qui devinant tout-à-coup le génie d'une langue, sait la fixer à tel point qu'au bout de cent-cinquante-huit ans, elle n'a pas dans ses livres une seule phrase dont le tour ait changé, ni une seule expression qui ait veilli! Il compose en 1656 comme les hommes de génie ont écrit depuis ce tems jusqu'à présent. Il y a plus; ces lettres sublimes subsisteront toujours parmi les gens de lettres et de goût comme le chef-d'œuvre par excellence de tous les genres d'écrire, et se conserveront sans tache sur l'océan des âges.

Mais une conception peut-être encore plus forte que les *Provinciales* attire de nouveau nos regards, et porte enfin le comble à notre admiration. Sa piété devenant de jour en jour plus tendre, et pressentant d'ailleurs sa carrière bornée à peu d'années, il voulut, en se jetant dans les bras du consolateur des hommes, leur laisser un monument d'airain où les vérités de la religion fussent tellement gravées et démontrées, qu'il ne restât plus la moindre prise aux incrédules pour justifier leurs erreurs. Cet ouvrage, dont la hardiesse nous confond, ne pouvoit être dignement exécuté que par l'un des plus grands esprits du monde. Pascal, assuré de l'immensité de ses forces, osa le tenter. Il en posait les fondements dans des réflexions que, pour soulager sa mémoire, il confiait à des morceaux de papier isolés, les considérant comme des pierres d'attente qu'il devait un jour assembler dans l'ordre afin de construire son vaste édifice, lorsque la mort qui ne respecte rien dans la chaîne des êtres organisés, et qui, depuis un terrible accident l'avertissait de sa présence continuelle, alla le frapper au milieu de ses plus profondes méditations. Il mourut à 39 ans et deux mois, le 19 août 1662, après avoir disputé à la nature un corps très frêle qu'épuisaient dès long-temps de vives douleurs.

On s'empressa de recueillir les fragmens précieux qu'il laissait si malheureusement incomplets, et ils furent imprimés sous le titre de *Pensées*. « Quoique cette force principale, la liaison des idées y soit nécessairement perdue, celle de pensée et d'expression suffirait pour l'immortaliser. »* Sa marche est belle, fière, noble, imposante; il discute et approfondit de grands objets; il attache et subjugue: pressé, terrassé par sa logique, on ne peut fuir l'ongle du lion; partout on se sent accablé de cette vigueur de talens, de cette précision de style, vrai caractère de son sublime génie. Si des lam-

* La Harpe.

beaux épars inspirent au lecteur un si vif intérêt, si de simples méditations, des idées fugitives lui arrachent à chaque feuillet cette exclamation : *Cela est divin !* que ne devoit-il pas attendre de l'ouvrage poussé jusqu'à la perfection par la patience et les lumières d'un si habile architecte !

Tel fut cet homme extraordinaire qui reçut de la nature en partage tous les dons de l'esprit ; tel fut dès l'enfance ce géomètre, rival de Descartes, ce physicien, l'émule adolescent de Galilée, cet écrivain égal en force à Démosthènes, ce moraliste admiré de Bossuet, le père de l'éloquence française, et que Massillon, J. J. Rousseau et Voltaire avaient incessamment dans les mains, comme le guide le plus fidèle que pût suivre le génie. L'on n'a pas craint de rendre à la vérité cet éclatant hommage, que l'homme qui, dans les angoisses sans relâche d'une si courte vie, a su réunir au plus haut degré divers talens dont un seul pouvait le conduire à l'immortalité, doit passer incontestablement chez tous les peuples pour l'être le plus étonnant que l'univers ait jamais produit.

Ce grand homme naquit avec un fonds de gaîté que ne purent détruire tout-à-fait ses maux. Assez long-tems ami de la société, il s'y permettait volontiers ces propos ingénieux, ces douces railleries qui, sans offenser, réveillent la langueur des conversations. La sienne avoit presque toujours un but moral; il répétait assez plaisamment ces mots: « Les auteurs qui vont sans cesse annonçant: *Mon* « *livre*, *mon histoire*, *mon commentaire*, ne fe- « roient-ils pas mieux de dire: *Notre livre*, *notre* « *commentaire*, *notre histoire*, puisque d'ordi- « naire il y a en cela plus du bien d'autrui que du « leur? »

Quand des objets profonds appelaient la gravité, ses doctes discours instruisaient sans humilier. Parlant en sage qui verse autour de lui la lumière sans penser à éblouir, il se faisoit écouter comme l'oracle annonçant ses vérités, avec cette seule différence que l'oracle commande avec appareil le respect, et que lui n'exigeait que la simplicité du bon sens pour être entendu. Quoique sa supériorité fût constamment remarquée, il ne lui arriva jamais de la faire sentir, et lui-même ne la sentait que pour être d'une plus grande indulgence aux défauts d'autrui; seulement il pensoit que la civilité supprime le *moi* humain, pensée qui ne peut sortir que d'un riche fonds de modestie. Il avoit une telle pureté de mœurs qu'il souffrait impatiemment les propos capables d'y porter la plus légère atteinte. Sobre, il n'aimait pas que l'on vantât les plaisirs de la table, prétendant que les mets devaient uniquement satisfaire l'appétit, et non contenter le goût. Les malheureux trouvaient dans son extrême charité un véritable frère; il poussait pour eux si loin l'affection, qu'il ne leur refusoit aucun secours, lors même qu'ayant peu de bien, il les tirait de son nécessaire. Cependant les infirmités l'obligeant à des dépenses qui excédaient son revenu, on lui représenta qu'il devait borner ses largesses : « J'ai remarqué, dit-il, que « quelque pauvre que l'on soit, on laisse toujours « quelque chose en mourant. »

Deux actions vont mettre à découvert les trésors d'une belle ame qu'il cachait avec tant de soin. Peu de tems avant sa mort, logeaient chez lui par pure commisération un homme très pauvre et son fils. L'enfant fut attaqué de la petite vérole, et le transporter ailleurs devenait dangereux pour son état. Pascal lui-même étant très malade avait un besoin continuel des secours de sa sœur amenée à Paris par des affaires de famille et pour le voir. Elle habitait une maison particulière avec ses enfants qui n'avaient pas été frappés du fléau de la petite vérole. Cet homme généreux et grand en tout, loin de permettre qu'elle courût le danger de la leur apporter, prononça contre lui-même en faveur du malheureux, et abandonnant sa maison pour n'y plus rentrer, il vint occuper chez sa sœur un petit appartement peu commode dans sa situation.

Revenant un matin de S. Sulpice, une jeune et très belle paysanne lui demanda des secours. Touché du péril auquel les charmes de la jeunesse allaient l'exposer (car la mort lui ayant enlevé son père, et l'hospice recevant ce jour-là même sa pauvre mère, elle se trouvait dans le plus déplorable abandon), Pascal la conduit à l'instant chez un vénérable ecclésiastique du séminaire, y dépose, sans se faire connaître, la somme nécessaire pour sa nourriture et ses vêtemens, jusqu'à ce qu'un lieu convenable puisse la recevoir. Il promit au vertueux prêtre de lui envoyer le lendemain une femme charitable qui l'aiderait dans ses pieuses recherches: cette femme était sa sœur. Le succès fut aussi prompt qu'heureux; la jeune personne se trouva pourvue d'une condition avantageuse; mais l'on n'apprit qu'après la mort de Pascal le mérite de cette bonne action.

Parmi tous les moyens de chercher la vérité, ce grand homme donnait la préférence à la méthode des géomètres, dont il apprécia de bonne heure tout l'avantage. En effet, cette méthode définit clairement les objets obscurs, peu connus, ou même ignorés; parceque n'employant jamais dans ses définitions que des termes justes, précis, et bornés à la seule acception qu'on leur attribue, elle évite avec autant de soin la redondance des mots que la répétition des idées; et chaque objet s'y montrant d'ailleurs par une seule propriété, la définition qui en découle est rendue parfaite, en ce qu'on peut la substituer mentalement à la place du défini.

Pardonnons à Pascal d'avoir avancé que la poésie

n'a point d'objet fixe; il savait tant de choses qu'il a bien pu méconnaître les beautés poétiques, sans que sa réputation en souffre la moindre tache: mais ce qui paraît le plus essentiel, c'est de le venger du reproche qu'on lui a fait, il y a quelques mois, d'avoir été le plagiaire de Montaigne. Pascal plagiaire!... Je tourne mes regards sur cette auguste assemblée; je vois la surprise courir de front en front; j'entends éclater cette expression sur toutes les lèvres: *Cela n'est pas possible*! Non, messieurs, cela n'est point; les pensées tirées de Montaigne sont les numéros IX, page 79; V, VI, page 117 de l'édition de la Haye; il ne les avait transcrites que pour les réfuter, et cet esprit si pénétrant et si droit voulait évidemment détruire le sophisme et le paradoxe si familiers à l'auteur des *Essais*. S'il se rencontre d'autres passages conformes à ceux des écrivains qui l'ont précédé, ne les attribuons qu'à de simples réminiscences; car sa mémoire était si prodigieuse, qu'il nous apprend lui-même n'avoir jamais rien oublié de ce qu'il avait appris.

Dans tous les tems les hommes célèbres ont eu des envieux; comment Pascal avec tant de titres à la célébrité en aurait-il été exempt? Ses ennemis crurent abaisser sa gloire en faisant supprimer son éloge et celui d'Arnauld dans la Vie des hommes illustres de Perrault, sans songer qu'ils la relevaient encore, puisqu'on leur appliqua de tous côtés ce passage de Tacite: *Præfulgebant Cassius et Brutus eo ipso quod eorum effigies non videbantur.* La rouille de l'envie n'existe plus à l'égard de Pascal; l'équitable postérité assise sur son tribunal de tous les âges, commandant à jamais nos regrets, l'a jugé comme un phénomène digne d'attirer les regards de la terre par l'union des plus heureux talens, et comme l'un de ses plus beaux ornemens par toutes les brillantes qualités et les rares vertus qui peuvent honorer le cœur humain.

FIN.

NOTES.

(1) *Sa réponse secoue les chaînes de la routine.* Une réponse ne secoue point de chaînes. Cependant l'ellipse de cette phrase lui prêtant plus de force, sans la rendre obscure, m'engage à la laisser.

(2) Le petit *Traité sur les sons* ne se trouve point dans les œuvres de Pascal: serait-il perdu ?

(3) Pascal a dit: « Les fleuves sont de grands chemins qui marchent. » Cette brillante métaphore paraît bien hardie; mais sa hardiesse même nous la montre échappée au grand homme.

(4) Pascal, au fort des douleurs d'un mal de dents, rencontra la solution du problême de la Cycloïde, en 1658, un an après la publication des dernières *Lettres provinciales.* C'est pour ne point interrompre l'ordre des matières que j'ai placé cette solution avant les *Lettres.*

(5) Voltaire a écrit qu'il faut rapporter à Pascal la fixation de la langue française. Je l'ai répété d'après lui et d'autres, parceque ce trait devoit nécessairement se trouver dans l'Éloge de Pascal.

(6) J'aurais pu donner une forme plus oratoire à mon discours; mais je l'aurais alongé. Il m'a semblé qu'il valait mieux être court et serré, et comme l'exprime mon épigraphe : *sub-*

stantiel et vrai, en louant un écrivain dont les ouvrages sont eux-mêmes si courts et si forts de choses.

L'ardeur de mes rivaux a deux fois trompé leur espoir. Echauffé de l'enthousiasme qu'allume en moi le souvenir de Pascal, deux jours m'ont suffi pour le faire connaître sous une nouvelle face. Peut-on se flatter d'atteindre si rapidement un but trois fois proposé? c'est ce que mes juges me feront bientôt l'honneur de m'apprendre.

FIN DES NOTES.

DE L'IMPRIMERIE DE P. DIDOT L'AINÉ.

www.ingramcontent.com/pod-product-compliance
Ingram Content Group UK Ltd.
Pitfield, Milton Keynes, MK11 3LW, UK
UKHW020550230726
13925UKWH00006B/2501